T0061095

Insectos de todos colores

Lada Josefa Kratky

NATIONAL GEOGRAPHIC LEARNING | CENGAGE Learning®

El insecto es  .

El insecto es  .

El insecto es .

El insecto es  .

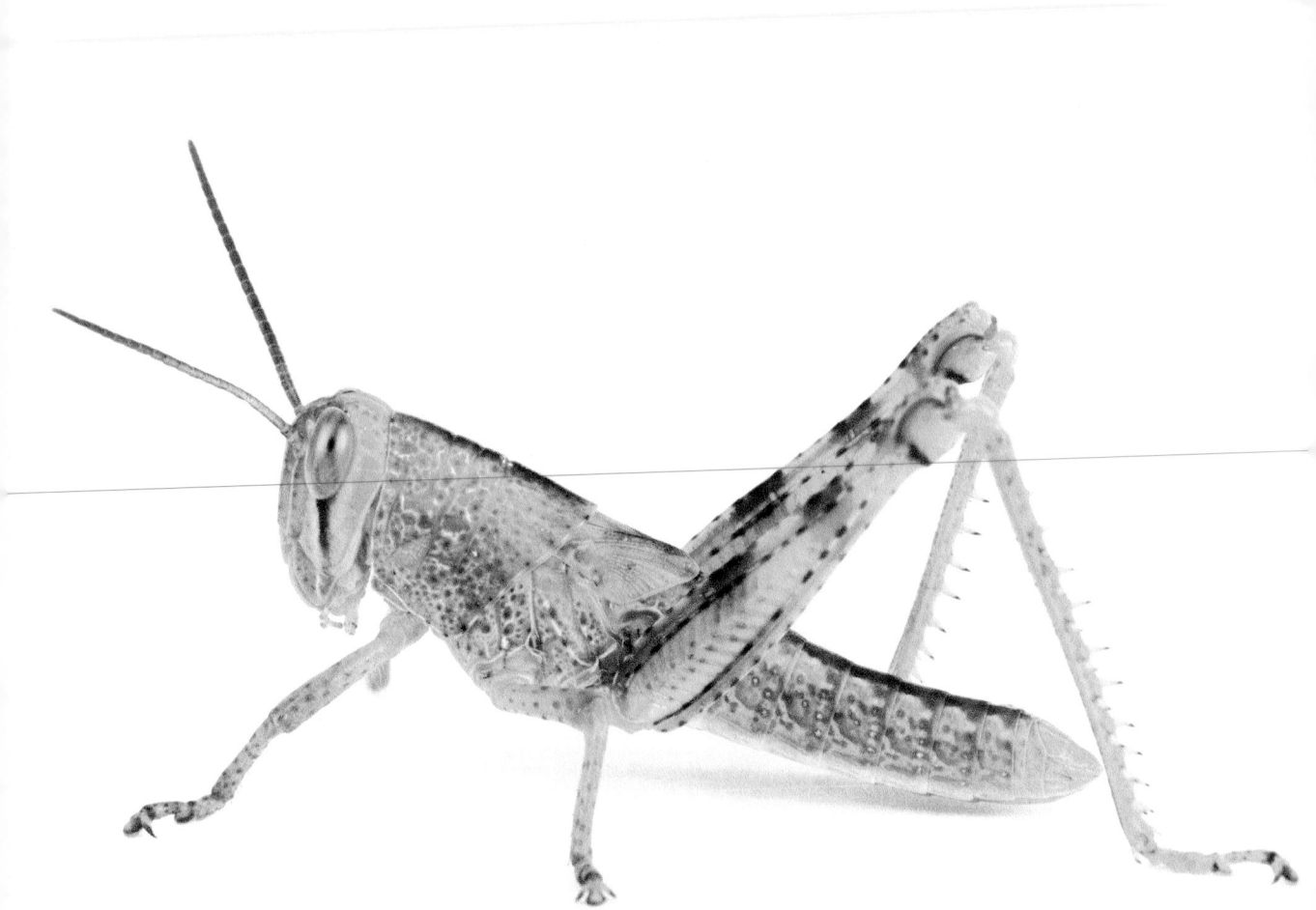

El insecto es .

El insecto es .

¿Es un insecto o un  ?